सुभाष चंद्र इंटरव्यू 2022 में COLOR

विवेक कुमार पांडे शंभूनाथ

Copyright © Mr Vivek Kumar Pandey
All Rights Reserved.

This book has been published with all efforts taken to make the material error-free after the consent of the author. However, the author and the publisher do not assume and hereby disclaim any liability to any party for any loss, damage, or disruption caused by errors or omissions, whether such errors or omissions result from negligence, accident, or any other cause.

While every effort has been made to avoid any mistake or omission, this publication is being sold on the condition and understanding that neither the author nor the publishers or printers would be liable in any manner to any person by reason of any mistake or omission in this publication or for any action taken or omitted to be taken or advice rendered or accepted on the basis of this work. For any defect in printing or binding the publishers will be liable only to replace the defective copy by another copy of this work then available.

हम बाहर महादेव के मंदिर घुमने गए थे । लौटने के समय काफी देर हो गई । सुबह के दो बज रहे थे और मैं जाकर सो गया । अचानक मेरे सपने में नेताजी सुभाष चन्द्र बोस आए और मुझे देख मुस्कुरा ने लगे । मैंने उनका पैर छुके आशीर्वाद लिया । उन्होंने मुझे कहा आयुष्मान भव । उन्होंने मुझसे कहा मेरा इंटरव्यू लो भारत के सभी नागरिक मुझे भुल गए हैं । इसलिए मैं चाहता हूं कि तुम मेरा इंटरव्यू लो ताकि सभी मुझे फिर से जान सके आखिर कौन थे नेताजी सुभाष चन्द्र बोस ।

क्रम-सूची

प्रस्तावना

इस किताब को लिखने के दौरान कोई भी व्यक्ति, समाज एवं संस्कृति को ठेस नहीं पहुंचाया गया है। यह एक काल्पनिक रचयिता कहानी (इंटरव्यू) जिसे विवेक कुमार पांडे शंभूनाथ जी ने लिखा है ।

भूमिका

लेखक की जीवनी

मेरा नाम विवेक कुमार पांडे है और मैं एक लेखक हु , में गुजरात के सुरत में निवास करता हूं.मेरा जन्म ३० सेप्टेंबर २००२ में हुआ था, और मुझे बचपन से एक्टर बनने का सोख रहा है और अभी भी है.। में कभी ये नहीं सोचता की लोग क्या कर रहे हैं में ये सोचता हूं कि में क्या कर रहा हूं, में आज सफल हूं तो अपने पापा की वजह से आज वो रहते तो उन्हें बहुत खुशी होती , वो सदा और हमेशा मेरे साथ रहेंगे।। मेरे रियल लाइफ के सुपरस्टार और सुपर हीरो मेरे प्यारे पापा है । आई लव यू पापा । पापा को मेरे हाथ कि चाय बहुत अच्छी लगती थी ।

जब उनका मन करता था चाय पीने के लिए तो वो कहते थे । मुझे चाय पीना है कौन बनाएगा मम्मी कहती में बना देती हूं लेकिन पापा कहते नहीं मेरा बेटा बनाएंगा । उसके हाथ कि चाय मुझे बहुत अच्छा लगता है । जब भी काम करके घर आने वाले होते हैं तब मुझे फोन करते है विवेक बेटा बोलो क्या खाओगे सेब ले लु । में कहता ठीक है पापा ले लिजिए । पापा कहते कितना लू एक किलो या 2 किलो । में कहता नहीं पापा सिर्फ में ही खाता हूं भईया और दीदी को फल अच्छा ही नहीं लगता है इसलिए 3 सेब ले लेना । लेकिन पापा मेरे लिए दो तीन किलो फल लेकर आ ही जाते थे । पहले ले लेते फिर मुझे फोन करते । हमेशा ऐसा ही करते थे ।

में ये नहीं कह रहा हूं कि मुझे बहुत ज्यादा प्यार और मानते थे । वो अपने तीनों संतानों को प्यार करते थे । सबसे छोटा तो में ही था घर में , मुझसे बड़ी मेरी बहन और मेरी बहन से भी बड़े मेरे भईया । में आज भी वो दिन का इंतजार कर रहा हूं जब पापा मेरे लिए कुछ लेकर आएंगे

। मेरे कान तरस रहे है वो आवाज़ सुनने के लिए । लेकिन कहते हैं जो चीज चली जाए वो कभी लौटकर नहीं आती है । आप सभी से निवेदन है आप अपने मम्मी और पापा का ध्यान रखें । दुनिया में एक ही भगवान है वो है माता ओर पिता ।

में बहुत ही शरारती था बचपन में । मुझे किताब लिखने का शोख बचपन से ही था । जब में तीसरी कक्षा में पढ़ता था । तब से ही किताब लिखता था में और मेरा दोस्त हम दोनों किताब लिखके सभी को दिखाते थे और कहते थे जिन्हें मेरा किताब अच्छा लगे तो अपना हस्ताक्षर कर दे । मेरे अंदर एक बहुत ही खास विशेषता है में किसी के चक्कर में नहीं रहता हूं । कौन क्या कर रहा है करने दो मुझे कुछ फर्क नहीं पड़ता है । मुझे सिर्फ अपने आप पर ध्यान देना है ।

क्योंकि दुनिया में ऐसे भी लोग हैं जो नहीं खुद कुछ करना चाहते हैं और नहीं दुसरो को कुछ करने देना चाहते हैं । एक बात ध्यान रखें अगर आप कोई भी नया काम करते हैं तो पहले लोग ताना मारते ही है । ये मत करो वो मत करो तुम्हारे बस कि बात नहीं है , तुम नहीं कर सकते हो . मुझे यह पता नहीं चलता लोग इतना सुझाव क्यों देते हैं । हमें जो करना है हम वहीं करेंगे । कई लोग हैं जो दुसरो के कहने पर वही करते हैं लेकिन में आपसे कह रहा हूं आप जो करना चाहे वो करे किसी के कहने पर खाई में मत कुदे । आपकी जिंदगी आपके ही हाथों में है लोगों के हाथों में नहीं है ।

मेरा बस एक ही सपना है की में नाम कमाकर अपने पिताजी का अधुरा सपना पूरा करूं ।

1
सुभाष चंद्र इंटरव्यू 2022 में Color

"हम बाहर महादेव के मंदिर घुमने गए थे । लौटने के समय काफी देर हो गई । सुबह के दो बज रहे थे और मैं जाकर सो गया । अचानक मेरे सपने में नेताजी सुभाष चन्द्र बोस आए और मुझे देख मुस्कुरा ने लगे । मैंने उनका पैर छुके आशीर्वाद लिया । उन्होंने मुझे कहा आयुष्मान भव । उन्होंने मुझसे कहा मेरा इंटरव्यू लो भारत के सभी नागरिक मुझे भुल गए हैं । इसलिए मैं चाहता हूं कि तुम मेरा इंटरव्यू लो ताकि सभी मुझे फिर से जान सके आखिर कौन थे नेताजी सुभाष चन्द्र बोस । जैसे तुमने गांधीजी और इंदिरा जी का इंटरव्यू लिया वैसे ही मेरा इंटरव्यू लो । मैंने भी कह दिया जी आप जैसा कहे । मुझे बहुत ही अच्छा अवसर मिला है । में आपके जैसा महान स्वतंत्रता सेनानी और महान पुरुष का इंटरव्यू लुंगा । लेकिन हम इंटरव्यू कैसे लेंगे । सुभाष जी ने कहा एक काम करो फेसबुक और ट्विटर, यूट्यूब, इंस्टाग्राम पे लाईव प्रसारण करो ताकि सभी देख सके में तुमसे सवाल पुछुंगा ठीक है । मैंने लाईव प्रसारण चालू कर

दिया । सभी दर्शक हमारे साथ जुड़ गए । मैंने सभी दर्शकों का स्वागत किया । "

खास सुचना : इस किताब को लिखने के दौरान कोई भी धर्म या जाति, समाज , संस्कृति एवम् किसी भी परिवार के सदस्य को नुक्सान नहीं पहुंचाया गया है । हम किसी को भी ठेस नहीं पहुंचाना चाहते हैं । यह इंटरव्यू पुरी तरह से काल्पनिक है ।

विवेक कुमार पांडे : आज हमारे साथ जुड़ चुके हैं । स्वतंत्र सेनानि सुभाष चन्द्र बोस जी । तो जैसे हमने इंदिरा गांधी जी और महात्मा गांधी जी का इंटरव्यू लिया था । आज उसी तरह हम नेताजी सुभाष चंद्र बोस जी का इंटरव्यू लुंगा । सवाल वो पुछेंगे मुझ से में जवाब दुंगा । कभी में भी सवाल पुछुंगा इनसे । तो चलिए शुभारंभ किया जाए ।

सुभाष चंद्र बोस जी : पहले मेरे पुरे देश वासियों को मेरा नमस्ते । आज मैं इसलिए आप सभी के सामने आया ताकि आप सभी जान सके कौन थे नेताजी सुभाष चंद्र बोस । तो आज सवाल में पुछुंगा और जवाब विवेक देंगे ।

विवेक कुमार पांडे : जी आप जैसा कहे ।

सुभाष चंद्र बोस : पहला सवाल : नेताजी सुभाष चंद्र बोस का जन्म कब हुआ ? बेटा अगर तुम्हें जवाब पता नहीं हो तो मेगज़ीन और न्युज पेपर का इस्तेमाल कर सकते हो ।

विवेक कुमार पांडे : जी । नेताजी सुभाषचन्द्र बोस का जन्म 23 जनवरी सन् 1897 को ओड़िशा के कटक शहर में हिन्दू कायस्थ परिवार में हुआ था। उनके पिता का नाम जानकीनाथ बोस और माँ का नाम प्रभावती था। जानकीनाथ बोस कटक शहर के मशहूर वकील थे। पहले वे सरकारी वकील थे मगर बाद में उन्होंने निजी प्रैक्टिस शुरू कर दी थी। उन्होंने कटक की महापालिका में लम्बे समय तक काम किया था और वे बंगाल विधानसभा के सदस्य भी रहे थे। अंग्रेज़ सरकार ने उन्हें रायबहादुर का खिताब दिया था। प्रभावती देवी के पिता का नाम गंगानारायण दत्त था। दत्त परिवार को कोलकाता का एक कुलीन परिवार माना जाता था। प्रभावती और जानकीनाथ बोस की कुल मिलाकर

14 सन्तानें थी जिसमें 6 बेटियाँ और 8 बेटे थे। सुभाष उनकी नौवीं सन्तान और पाँचवें बेटे थे। अपने सभी भाइयों में से सुभाष को सबसे अधिक लगाव शरद चन्द्र से था। शरदबाबू प्रभावती और जानकीनाथ के दूसरे बेटे थे। सुभाष उन्हें मेजदा कहते थे। शरदबाबू की पत्नी का नाम विभावती था।

सुभाष चंद्र बोस जी : बहुत खुब । अब नेताजी सुभाष चंद्र बोस जी के शैक्षणिक सत्र के बारे में बताओ ?

विवेक कुमार पांडे : कटक के प्रोटेस्टेण्ट स्कूल से प्राइमरी शिक्षा पूर्ण कर 1909 में उन्होंने रेवेनशा कॉलेजियेट स्कूल में दाखिला लिया। कॉलेज के प्रिन्सिपल बेनीमाधव दास के व्यक्तित्व का सुभाष के मन पर अच्छा प्रभाव पड़ा। मात्र पन्द्रह वर्ष की आयु में सुभाष ने विवेकानन्द साहित्य का पूर्ण अध्ययन कर लिया था। 1915 में उन्होंने इण्टरमीडियेट की परीक्षा बीमार होने के बावजूद द्विवतीय श्रेणी में उत्तीर्ण की। 1916 में जब वे दर्शनशास्त्र (ऑनर्स) में बीए के छात्र थे किसी बात पर प्रेसीडेंसी कॉलेज के अध्यापकों और छात्रों के बीच झगड़ा हो गया सुभाष ने छात्रों का नेतृत्व सम्हाला जिसके कारण उन्हें प्रेसीडेंसी कॉलेज से एक साल के लिये निकाल दिया गया और परीक्षा देने पर प्रतिबन्ध भी लगा दिया।

49वीं बंगाल रेजीमेण्ट में भर्ती के लिये उन्होंने परीक्षा दी किन्तु आँखें खराब होने के कारण उन्हें सेना के लिये अयोग्य घोषित कर दिया गया। किसी प्रकार स्कॉटिश चर्च कॉलेज में उन्होंने प्रवेश तो ले लिया किन्तु मन सेना में ही जाने को कह रहा था। खाली समय का उपयोग करने के लिये उन्होंने टेरीटोरियल आर्मी की परीक्षा दी और फोर्ट विलियम सेनालय में रँगरूट के रूप में प्रवेश पा गये। फिर ख्याल आया कि कहीं इण्टरमीडियेट की तरह बीए में भी कम नम्बर न आ जायें सुभाष ने खूब मन लगाकर पढ़ाई की और 1919 में बीए (ऑनर्स) की परीक्षा प्रथम श्रेणी में उत्तीर्ण की। कलकत्ता विश्वविद्यालय में उनका दूसरा स्थान था।

पिता की इच्छा थी कि सुभाष आईसीएस बनें किन्तु उनकी आयु को देखते हुए केवल एक ही बार में यह परीक्षा पास करनी थी। उन्होंने पिता

से चौबीस घण्टे का समय यह सोचने के लिये माँगा ताकि वे परीक्षा देने या न देने पर कोई अन्तिम निर्णय ले सकें। सारी रात इसी असमंजस में वह जागते रहे कि क्या किया जाये।

आखिर उन्होंने परीक्षा देने का फैसला किया और 15 सितम्बर 1919 को इंग्लैण्ड चले गये। परीक्षा की तैयारी के लिये लन्दन के किसी स्कूल में दाखिला न मिलने पर सुभाष ने किसी तरह किट्स विलियम हाल में मानसिक एवं नैतिक विज्ञान की ट्राइपास (ऑनर्स) की परीक्षा का अध्ययन करने हेतु उन्हें प्रवेश मिल गया। इससे उनके रहने व खाने की समस्या हल हो गयी। हाल में एडमीशन लेना तो बहाना था असली मकसद तो आईसीएस में पास होकर दिखाना था। सो उन्होंने 1920 में वरीयता सूची में चौथा स्थान प्राप्त करते हुए पास कर ली।

इसके बाद सुभाष ने अपने बड़े भाई शरतचन्द्र बोस को पत्र लिखकर उनकी राय जाननी चाही कि उनके दिलो-दिमाग पर तो स्वामी विवेकानन्द और महर्षि अरविन्द घोष के आदर्शों ने कब्जा कर रक्खा है ऐसे में आईसीएस बनकर वह अंग्रेजों की गुलामी कैसे कर पायेंगे? 22 अप्रैल 1921 को भारत सचिव ई०एस० मान्टेग्यू को आईसीएस से त्यागपत्र देने का पत्र लिखा। एक पत्र देशवन्धु चित्तरंजन दास को लिखा। किन्तु अपनी माँ प्रभावती का यह पत्र मिलते ही कि "पिता, परिवार के लोग या अन्य कोई कुछ भी कहे उन्हें अपने बेटे के इस फैसले पर गर्व है।" सुभाष जून 1921 में मानसिक एवं नैतिक विज्ञान में ट्राइपास (ऑनर्स) की डिग्री के साथ स्वदेश वापस लौट आये।

सुभाष चंद्र बोस जी : सवाल : सुभाष चंद्र बोस ने स्वतंत्रता संग्राम में क्या योगदान किया?

विवेक कुमार पांडे : सुभाष चंद्र बोस को असाधारण नेतृत्व कौशल और करिश्माई वक्ता के साथ सबसे प्रभावशाली स्वतंत्रता सेनानी माना जाता है। उनके प्रसिद्ध नारे हैं 'तुम मुझे ख़ून दो, मैं तुम्हे आज़ादी दूंगा', 'जय हिंद', और 'दिल्ली चलो'। उन्होंने आजाद हिंद फौज का गठन किया था और भारत के स्वतंत्रता संग्राम में कई योगदान दिए।

सुभाष चंद्र बोस जी : सवाल : सुभाष चंद्र बोस की क्या भूमिका है?

विवेक कुमार पांडे : सुभाष चंद्र बोस (जिन्हें नेताजी भी कहा जाता है) को भारत के स्वतंत्रता आंदोलन में उनकी भूमिका के लिए जाना जाता है। असहयोग आंदोलन के भागीदार और भारतीय राष्ट्रीय कांग्रेस के नेता, वह अधिक उग्रवादी विंग का हिस्सा थे और समाजवादी नीतियों की वकालत के लिए जाने जाते थे।

सुभाष चंद्र बोस जी : सवाल : सुभाष चंद्र बोस हमें कैसे प्रेरित करते हैं?

विवेक कुमार पांडे : स्वतंत्रता सेनानियों को प्रेरित करते हैं नेताजी

नेताजी ने स्वतंत्रता सेनानियों के दिलों में साहस और विश्वास का संचार किया । उनकी सेना, जिसे इंडियन नेशनल आर्मी (आई एन ए) नाम दिया गया, नेताजी के श्रेष्ठ युद्धकौशल और सक्षम नेतृत्व गुणों का एक चौंकाने वाला उदाहरण था।

सुभाष चंद्र बोस जी : कौन से भारतीय दीपों को आजाद हिंद फौज ने जीत लिया था?

विवेक कुमार पांडे : जापान ने अंडमान व निकोबार द्वीप इस अस्थायी सरकार को दे दिये। नेताजी उन द्वीपों में गये और उनका नया नामकरण किया। अंडमान का नया नाम शहीद द्वीप तथा निकोबार का स्वराज्य द्वीप रखा गया। 30 दिसम्बर 1943 को इन द्वीपों पर स्वतन्त्र भारत का ध्वज भी फहरा दिया गया।

सुभाष चंद्र बोस जी : सवाल : सुभाष चंद्र बोस ने अंग्रेजों से लड़ने के लिए क्या किया?

विवेक कुमार पांडे : 21 अक्टूबर 1943 को, सुभाष चंद्र बोस ने कैथे सिनेमा हॉल में स्वतंत्र भारत की अनंतिम सरकार के गठन की घोषणा की। दो दिन बाद, उन्होंने ब्रिटेन और संयुक्त राज्य अमेरिका के खिलाफ युद्ध की घोषणा की । जापानियों की मदद से, उन्होंने आजाद हिंद फौज (जिसे भारतीय राष्ट्रीय सेना भी कहा जाता है) को फिर से संगठित और फिर से जीवंत किया।

सुभाष चंद्र बोस जी : सवाल : नेताजी सुभाष चंद्र बोस ने सिंगापुर में कहाँ सबसे पहली बार आज़ाद हिंद सरकार की घोषणा की थी?

विवेक कुमार पांडे : नेताजी सुभाष चंद्र बोस ने 21 अक्टूबर 1943 को सिंगापुर के कैथी सिनेमा हॉल में आजाद हिंद सरकार की स्थापना की घोषणा की थी। वहां पर नेताजी स्वतंत्र भारत की अंतरिम सरकार के प्रधानमंत्री, युद्ध एवं विदेशी मामलों के मंत्री और सेना के सर्वोच्च सेनापति चुने गए थे।

सुभाष चंद्र बोस : क्या गुमनामी बाबा ही नेताजी सुभाष चंद्र बोस थे?

विवेक कुमार पांडे : कई लोगों का मानना था कि नेताजी जी की मौत प्लेन क्रैश में नहीं हुई. नेताजी गुमनामी बाबा के नाम से यूपी में 1985 तक रह रहे थे. नेताजी पर रिसर्च करने वाले बड़े-बड़े विद्वानों का मानना है कि गुमनामी बाबा ही नेताजी सुभाषचंद्र बोस थे.

लेकिन इसकी पुष्टि अब तक सरकार की तरफ से नहीं की गई है और ना ही कोई ठोस प्रमाण ऐसा सामने आया है. इन सब के बावजूद गुमनामी बाबा को ही नेताजी सुभाषचंद्र बोस मानने वालों की संख्या हजारों में है. गुमनामी बाबा जो कि अपनी अंतिम अवस्था में यूपी के अयोध्या के राम भवन में निवास करते थे, उनके कई गुण नेताजी सुभाषचंद्र बोस से मिलते थे. उनकी आवाज, उनका ज्ञान, उनका संगीत, सिगार, बंगाली भोजन ये सब नेताजी ये मिलते जुलते थे.

जनता की इसी मांग को देखते हुए तत्कालीन अखिलेश यादव सरकार ने इलाहाबाद हाईकोर्ट के आदेश के बाद गुमनामी बाबा की जांच रिपोर्ट के लिए जस्टिस विष्णु सहाय आयोग का गठन 2016 में किया. जस्टिस विष्णु सहाय आयोग का मुख्य काम यह पता लगाना था कि गुमनामी बाबा की असली पहचान क्या है ? क्या गुमनामी बाबा ही नेताजी सुभाषचंद्र बोस थे?

तीन साल बाद जस्टिस विष्णु सहाय आयोग ने अपनी रिपोर्ट यूपी विधानसभा में पेश की. इस रिपोर्ट को यूपी सरकार ने स्वीकार कर लिया है. इस रिपोर्ट को स्वीकार करते हुए यूपी सीएम योगी आदित्यनाथ ने रिपोर्ट को सार्वजनिक करते हुए लिखा है, 'आयोग द्वारा गुमनामी बाबा उर्फ भगवान जी की पहचान नहीं की जा सकी. गुमनामी बाबा के बारे में आयोग ने कुछ अनुमान लगाए हैं.'

गुमनामी बाबा पर जस्टिस सहाय आयोग का अनुमान

गुमनामी बाबा बंगाली थे.

गुमनामी बाबा बंगाली, अंग्रेजी और हिंदी भाषा के जानकार थे.

गुमनामी बाबा एक असाधारण मेधावी व्यक्ति थे.

गुमनामी बाबा के राम भवन से बंगाली, अंग्रेजी और हिन्दी में अनेक विषयों की पुस्तकें प्राप्त हुई हैं.

गुमनामी बाबा को युद्ध, राजनीति और सामयिक की गहन जानकारी थी.

गुमनामी बाबा के स्वर में नेताजी सुभाषचंद्र बोस के स्वर जैसा प्राधिकार का भाव था.

गुमनामी बाबा में प्रचंड आत्मबल और आत्मसंयम था.

अयोध्या में 10 वर्षों तक गुमनामी बाबा पर्दे के पीछे रहे.

पर्दे के पीछे से जो लोग गुमनामी बाबा को सुनते थे, वो सम्मोहित हो जाते थे.

गुमनामी बाबा पूजा और ध्यान में पर्याप्त समय व्यतीत करते थे.

गुमनामी बाबा संगीत, सिगार और भोजन के प्रेमी थे.

गुमनामी बाबा नेताजी सुभाषचंद्र बोस के अनुयायी थे.

लेकिन जिस समय यह बात प्रसारित होनी शुरू हुई कि वो नेताजी सुभाषचंद्र बोस थे, उन्होंने तत्काल अपना मकान बदल लिया.

भारत में शासन की स्थिति से गुमनामी बाबा का मोहभंग था.

सुभाष चंद्र बोस जी : सवाल : नेताओं को अंग्रेजों ने नजरबंद कर लिया था जेल से भागकर बोस कहाँ गए?

विवेक कुमार पांडे : वो अफ़ग़ानिस्तान की सीमा पार करते हुए पहले समरकंद पहुँचे और फिर ट्रेन से मास्को के लिए रवाना हुए. वहाँ से सुभाष चंद्र बोस ने जर्मनी की राजधानी बर्लिन का रुख किया.

सुभाष चंद्र बोस जी : सवाल : आज़ाद हिंद सरकार का गठन २१ अक्टूबर १९४३ को कहाँ पर हुई थी?

विवेक कुमार पांडे : बोस ने अपने अनुयायियों को जय हिन्द का अमर नारा दिया और 21 अक्टूबर 1943 में सुभाषचन्द्र बोस ने आजाद हिन्द फौज के सर्वोच्च सेनापति की हैसियत से सिंगापुर में स्वतंत्र भारत की अस्थायी सरकार आज़ाद हिन्द सरकार की स्थापना की।

सुभाष चंद्र बोस जी : सवाल : त्रिपुरी अधिवेशन कब हुआ था?

विवेक कुमार पांडे : त्रिपुरी सम्मेलन मध्य प्रदेश के जबलपुर में त्रिपुरी नामक स्थान पर सन 1939 में आयोजित किया गया था। इस सम्मेलन में नेताजी सुभाष चंद्र बोस को कांग्रेस का अध्यक्ष चुना गया था। यही वह सम्मेलन था, जब नेताजी सुभाष चंद्र बोस दूसरी बार कांग्रेस अध्यक्ष चुने गए थे।

सुभाष चंद्र बोस : आजाद हिंद फौज के प्रथम कमांडर कौन थे?

विवेक कुमार पांडे : पंजाब के जनरल मोहन सिंह ने 15 दिसंबर 1941 को आजाद हिंद फौज की स्थापना की और बाद में 21 अक्तूबर 1943 को उन्होंने इस फौज का नेतृत्व सुभाष चंद्र बोस को सौंप दिया। इसके साथ ही नेताजी को आजाद हिंद फौज का सर्वोच्च सेनापति भी घोषित कर दिया गया।

सुभाष चंद्र बोस : सवाल : आखिर क्यों ? 21 अक्टूबर 1943 के दिन नेताजी सुभाष चंद्र बोस ने सिंगापुर में पहली बार आजाद हिंद सरकार गठित की. वो खुद इस अस्थायी सरकार के मुखिया बने. इसी दिन नए सिरे से आजाद हिंद फौज भी फिर से हरकत में आ गई.

विवेक कुमार पांडे : 21 अक्टूबर 1943 का दिन भारत के लिए बहुत खास दिन है. इसी दिन नेताजी सुभाष चंद्र बोस ने सिंगापुर में आजाद भारत की अस्थायी सरकार की घोषणा की थी. साथ ही नए सिरे से आजाद हिंद फौज का गठन करके उसमें जान फूंक दी थी.

उस दिन भारतीय स्वतंत्रता लीग के प्रतिनिधि सिंगापुर के कैथे सिनेमा हाल में स्वतंत्र भारत की अस्थायी सरकार की स्थापना की ऐतिहासिक घोषणा सुनने के लिए इकट्ठे थे. हाल खचाखच भरा था. खड़े होने के लिए इंच भर भी जगह नहीं.

घड़ी में जैसे ही शाम के 04 बजे. मंच पर नेताजी खड़े हुए. उन्हें एक खास घोषणा करनी थी. ये घोषणा 1500 शब्दों में थी, जिसे नेताजी ने दो दिन पहले रात में बैठकर तैयार किया था.

घोषणा में कहा गया, "अस्थायी सरकार का काम होगा कि वो भारत से अंग्रेजों और उनके मित्रों को निष्कासित करे. अस्थायी सरकार का ये भी काम होगा कि वो भारतीयों की इच्छा के अनुसार और उनके विश्वास

की आजाद हिंद की स्थाई सरकार का निर्माण करे."

*नेताजी ने संभाले तीन पद

अस्थायी सरकार में सुभाष चंद्र बोस प्रधानमंत्री बने और साथ में युद्ध और विदेश मंत्री भी. इसके अलावा इस सरकार में तीन और मंत्री थे. साथ ही एक 16 सदस्यीय मंत्री स्तरीय समिति. अस्थायी सरकार की घोषणा करने के बाद भारत के प्रति निष्ठा की शपथ ली गई.

*हर कोई भावुक था

जब सुभाष निष्ठा की शपथ लेने के लिए खड़े हुए तो कैथे हाल में हर कोई भावुक था. वातावरण निस्तब्ध. फिर सुभाष की आवाज गूंजी, "ईश्वर के नाम पर मैं ये पावन शपथ लेता हूं कि भारत और उसके 38 करोड़ निवासियों को स्वतंत्र कराऊंगा. "

*नेताजी की आंखों से बहने लगे आंसू

उसके बाद नेताजी रुक गए. उनकी आवाज भावनाओं के कारण रुकने लगी. आंखों से आंसू बहकर गाल तक पहुंचने लगे. उन्होंने रूमाल निकालकर आंसू पोछे. उस समय हर किसी की आंखों में आंसू आ गए. कुछ देर सुभाष को भावनाओं को काबू करने के लिए रुकना पड़ा.

* आखिरी सांस तक लड़ता रहूंगा

फिर उन्होंने पढ़ना शुरू किया, "मैं सुभाष चंद्र बोस, अपने जीवन की आखिरी सांस तक स्वतंत्रता की पवित्र लड़ाई लड़ता रहूंगा. मैं हमेशा भारत का सेवक रहूंगा. 38 करोड़ भाई-बहनों के कल्याण को अपना सर्वोत्तम कर्तव्य समझूंगा."

सुभाष चंद्र बोस जी : काफ़ी बेहतर जवाब दिया तुमने ।अगला सवाल : स्वतंत्रता आंदोलन में सुभाष चंद्र बोस की क्या भूमिका थी?

विवेक कुमार पांडे : जब सुभाष चंद्र बोस भारतीय प्रशासनिक सेवा को बीच में ही छोड़कर भारत आ गए। उन्होंने आंदोलन को मजबूती देने के लिए देश के बाहर जाकर आज़ादी के आंदोलन को मजबूती दी। उन्होंने आजाद हिंद फौज, आजाद हिंद सरकार और बैंक की स्थापना की और देश के बाहर हिंदुस्तान की आज़ादी के लिए अन्य देशों से समर्थन हासिल किया।

सुभाष चंद्र बोस जी : सवाल : सुभाष चंद्र बोस को कांग्रेस में शामिल होने के लिए किसने प्रेरित किया?

विवेक कुमार पांडे : भारत लौटने के बाद नेताजी सुभाष चंद्र बोस महात्मा गांधी के प्रभाव में आए और भारतीय राष्ट्रीय कांग्रेस में शामिल हो गए। गांधीजी के निर्देश पर, उन्होंने देशबंधु चित्तरंजन दास के अधीन काम करना शुरू किया, जिन्हें बाद में उन्होंने अपने राजनीतिक गुरु के रूप में स्वीकार किया।

सुभाष चंद्र बोस जी : सवाल : क्या सुभाष चंद्र बोस ने सविनय अवज्ञा आंदोलन में भाग लिया था?

विवेक कुमार पांडे : असहयोग आंदोलन की ओर आकर्षित होने के कारण बोस स्वतंत्रता आंदोलन के सक्रिय कार्यकर्ता बन गए। उन्होंने सविनय अवज्ञा आंदोलन में भी भाग लिया था । जब वे कांग्रेस के हरिपुरा अधिवेशन में अध्यक्ष चुने गए, तो उन्होंने राष्ट्रीय एकता, योजना और जनता के संगठन पर जोर दिया।

सुभाष चंद्र बोस जी : सवाल: 3 मई 1939 को सुभाष चंद्र बोस ने कौन सी पार्टी बनाई थी?

विवेक कुमार पांडे : ऑल इंडिया फार्वर्ड ब्लाक भारत का एक राष्ट्रवादी राजनीतिक दल है। इस दल की स्थापना १९३९ में हुई थी। नेताजी सुभाषचन्द्र बोस नें इस दल की स्थापना की।

सुभाष चंद्र बोस जी : सवाल: सुभाष चंद्र बोस के राजनीतिक गुरु का नाम क्या था?

विवेक कुमार पांडे : सुभाष चंद्र बोस, विवेकानंद की शिक्षाओं से अत्यधिक प्रभावित थे और उन्हें अपना आध्यात्मिक गुरु मानते थे, जबकि चित्तरंजन दास उनके राजनीतिक गुरु थे। वर्ष 1921 में बोस ने चित्तरंजन दास की स्वराज पार्टी द्वारा प्रकाशित समाचार पत्र 'फॉरवर्ड' के संपादन का कार्यभार संभाला।

सुभाष चंद्र बोस जी : सवाल : वह कौन सी घटना है जिससे पता चलता है कि सुभाष समाज के प्रति सेवा भाव रखते थे?

विवेक कुमार पांडे : सुभाष चंद्र बोस जब कोलकाता के प्रेसीडेंसी कॉलेज में पढ़ रहे थे इस घटना ने सुभाष को अहसास कराया कि अंग्रेज

भारतीय के साथ कितना खराब व्यवहार कर रहे हैं. इस घटना के बाद अंग्रेजों को लेकर सुभाष के मन में जो गुस्सा भरा, उसने उन्हें क्रांतिकारी बना दिया।

सुभाष चंद्र बोस जी : सवाल : सुभाष चंद्र बोस के बारे में निम्नलिखित में से कौन सा सत्य है ?

विवेक कुमार पांडे : सुभाष चंद्र बोस के बारे में निम्नलिखित में से कौन सा कथन सत्य है? व्याख्या: सुभाष चंद्र बोस का जन्म 23 जनवरी 1897 को कटक में हुआ था . बोस ने भारतीय सिविल सेवा परीक्षा के लिए क्वालीफाई किया लेकिन जल्द ही छोड़ दिया। वे भारतीय राष्ट्रीय कांग्रेस के सक्रिय सदस्य थे।

सुभाष चंद्र बोस जी : सवाल : अंग्रेज सरकार सुभाष से क्यों डरती थी?

विवेक कुमार पांडे : 1940 में जब हिटलर के बमवर्षक लंदन पर बम गिरा रहे थे, ब्रिटिश सरकार ने अपने सबसे बड़े दुश्मन सुभाष चंद्र बोस को कलकता की प्रेसिडेंसी जेल में कैद कर रखा था. अंग्रेज़ सरकार ने बोस को 2 जुलाई, 1940 को देशद्रोह के आरोप में गिरफ़्तार किया था.

सुभाष चंद्र बोस जी : सवाल : सुभाष के पिता की इच्छा के अनुरूप कौन कौन सी परीक्षा प्राप्त की?

विवेक कुमार पांडे : सुभाष चंद्र बोस के पिता जानकीनाथ बोस की इच्छा थी कि सुभाष आईसीएस बनें। यह उस जमाने की सबसे कठिन परीक्षा होती थी। सुभाष की आयु को देखते हुए केवल एक ही बार में यह परीक्षा पास करनी थी।

सुभाष चंद्र बोस जी : सवाल : दिल्ली चलो का नारा कब दिया था?

विवेक कुमार पांडे : दिल्ली चलो का नारा सुभाष चंद्र बोस द्वारा दिया गया था। उन्होंने 1944 में इस नारे का प्रयोग भारतीय राष्ट्रीय सेना (आईएनए) को प्रेरित करने के लिए किया था, जब आईएनए ने बर्मा के खिलाफ अपना सैन्य अभियान शुरू किया था।

सुभाष चंद्र बोस जी : सवाल : सुभाष चंद्र बोस क्यों प्रसिद्ध है?

विवेक कुमार पांडे : सुभाष चंद्र बोस (जिन्हें नेताजी भी कहा जाता है) को भारत के स्वतंत्रता आंदोलन में उनकी भूमिका के लिए जाना

जाता है। असहयोग आंदोलन के भागीदार और भारतीय राष्ट्रीय कांग्रेस के नेता, वह अधिक उग्रवादी विंग का हिस्सा थे और समाजवादी नीतियों की वकालत के लिए जाने जाते थे।

सुभाष चंद्र बोस जी : सवाल : सुभाष चंद्र बोस का पारिवारिक पृष्ठभूमि क्या है?

विवेक कुमार पांडे : आजाद हिन्द फौज के सूत्राधार नेताजी सुभाष चन्द्र बोस का जन्म उड़ीसा राज्य के कटक स्थान पर 23 जनवरी 1897 को हुआ था। इनका परिवार बंगाल का एक सम्पन्न परिवार था। इनके पिता जानकी नाथ बोस बंगाल के एक प्रतिष्ठित और प्रसिद्ध वकील थे। इनकी माता प्रभावती धार्मिक और पतिव्रता स्त्री थी।

सुभाष चंद्र बोस जी : बहुत ही जल्दी जवाब दें रहो हो तुम। ठीक है अगला सवाल : सुभाष चंद्र बोस के कितने भाई हैं?

विवेक कुमार पांडे : यदि भारत के स्वतंत्रता संग्राम को कभी कागज पर उतारा जाता है, तो सबसे साहसी स्वतंत्रता संग्राम में एक नाम हमेशा रहेगा और वह कोई और नहीं, सुभाष चंद्र बोस को प्यार से नेताजी भी कहा जाता है। नेताजी सुभाष चंद्र बोस स्वतंत्रता संग्राम के उन नेताओं में से एक थे जिन्होंने अंग्रेजों के अत्याचार और दमन के साथ लड़ाई लड़ी और आजाद हिंद फौज की आधारशिला भी रखी। हालाँकि, उनके बारे में उपलब्ध सभी विवरणों के बीच, बहुत से लोग यह नहीं जानते हैं कि नेताजी सुभाष चंद्र बोस एक प्रिय पारिवारिक व्यक्ति भी थे।

जनवरी 1897 में जानकी नाथ बोस और प्रभाती बोस के घर जन्मे सुभाष चंद्र बोस के 13 भाई-बहन थे, जिनका नाम प्रमिलाबाला मित्रा, सरलबाला डे, साथिस चंद्र बोस, शरत चंद्र बोस, सुरेश चंद्र बोस, सुधीर चंद्र बोस, सुनील चंद्र बोस, तरुबाला रॉय था। मालिना दत्ता, प्रोतिवा मित्रा, कनकलता मित्रा, शैलेश चंद्र बोस और संतोष चंद्र बोस। उनके सभी भाई-बहनों में सुनील और शरत विशिष्ट थे। सुभाष चंद्र बोस की शादी ऑस्ट्रियाई मूल की एक महिला एमिली शेंकल से हुई थी। उनकी एक बेटी अनीता बोस फाफ भी थी।

आप कहे तो आपके बड़े भाई के बारे में कुछ बता दु अपने दर्शकों को।

सुभाष चंद्र बोस : ठीक है बता दो ।

विवेक कुमार पांडे : सुभाष चंद्र बोस के बड़े भाई, शरत चंद्र बोस एक बैरिस्टर थे और स्वतंत्रता संग्राम का भी हिस्सा थे। वह अध्ययन करने के लिए इंग्लैंड गए थे, जहां वे लिंकन इन में अभ्यास करने गए थे। हालाँकि, उन्होंने इसे छोड़ दिया और स्वतंत्रता संग्राम में सक्रिय रूप से भाग लेने के लिए भारत आ गए। वह भारतीय राष्ट्रीय कांग्रेस के सक्रिय सदस्य भी थे और आईएनए के प्रयासों का नेतृत्व भी करते थे। उनका विवाह 1910 में बीवाबती देवी से हुआ था और उनके 8 बच्चे थे। उनका निधन 60 वर्ष की आयु में 1950 में कोलकाता में हुआ था।

सुभाष चंद्र बोस जी : सवाल : जब बोस ने नेहरू से पूछा आखिर आप हैं कौन?

विवेक कुमार पांडे : यह हो ना सका। बोस को लगता था कि नेहरू से मुलाकात करके भी बहुत हल नहीं निकल सकते। उन्होंने पिछली मुलाकात का ज़िक्र करते हुए लिखा, 'पिछले वर्ष जब आप यूरोप से वापस आए, तो मैं इलाहाबाद आकर आपसे मिला और आपसे पूछा था कि आप हमारा नेतृत्व किस प्रकार करेंगे?

सुभाष चंद्र बोस जी : सवाल : सुभाषचंद्र बोस पत्र के माध्यम से क्या कहना चाहते थे दो वाक्यों में लिखकर बताइए?

विवेक कुमार पांडे : नेताजी ने अपने भतीजे अमिय नाथ को 1939 में भेजे पत्र में लिखा था, 'मेरा किसी ने भी उतना नुकसान नहीं किया जितना जवाहरलाल नेहरू ने किया. ' महात्मा गांधी की राजनैतिक विरासत के दोनों दावेदार थे. संपूर्ण आजादी को लेकर बोस के आग्रह से गांधी को दिक्कत थी, लिहाजा उन्होंने बोस की जगह नेहरू को अपना राजनैतिक उत्तराधिकारी चुना ।

सुभाष चंद्र बोस जी : सवाल : नेता जी ने नौकरी क्यों नहीं की?

विवेक कुमार पांडे : जब-जब भारत के महान स्वतंत्रता सेनानियों की गाथा लिखी जाएगी उसमें नेताजी सुभाष चंद्र बोस का नाम स्वर्ण अक्षरों में अंकित रहेगा। नेताजी ने 'तुम मुझे खून दो, मैं तुम्हें आजादी दूंगा' के नारे से भारत में राष्ट्रभक्ति की ज्वार को पैदा किया जो स्वतंत्रता संग्राम के दौरान बेहद कारगर साबित हुआ। भारत के स्वतंत्रता संग्राम

में नेताजी का योगदान अभूतपूर्व रहा है। भारत को गुलामी की बेड़ियों से आजाद कराने के लिए सुभाष चंद्र बोस ने कई आंदोलन किए जिसकी वजह से उन्हें जेल भी जाना पड़ा। अंग्रेजो के खिलाफ भारत की लड़ाई को और तेज करने के लिए नेताजी ने आजाद हिंद फौज का गठन किया था। इतिहास के विशेषज्ञ यह बताते हैं कि नेताजी सुभाष चंद्र बोस की कथनी और करनी में गजब की समानता थी। वह जो कहते थे, उसे हर हाल में करके दिखाते थे। यही कारण था कि विश्व के बड़े दिग्गज भी उनसे घबराते थे। चलिए आपको नेता जी के जीवन के कुछ किस्सों के बारे में बताते हैं।

भारत के स्वतंत्रता संग्राम के दौरान सुभाष चंद्र बोस की लोकप्रियता बहुत अधिक थी। भारत के लोग उन्हें प्यार से 'नेता जी' कहते थे। उनके व्यक्तित्व एवं वाणी में एक जोश एवं आकर्षण था और यही कारण था कि उनकी अपील पर हर भारतवासी गौर करता था। उनके हृदय में राष्ट्र के लिए मर मिटने की चाहत थी। जानकार बताते हैं कि नेताजी के हर कदम से अंग्रेजी सरकार घबराती थी।

- कहा जाता है कि भारत के स्वतंत्रता संग्राम के दौरान ही नेता जी हिटलर से मिलने गए थे। इस दौरान उन्हें एक कमरे में बैठा दिया गया था। उस समय वित्तीय विश्वयुद्ध चल रहा था और हिटलर के जान को खतरा था। थोड़ी ही देर बाद हिटलर की शक्ल का एक शख्स नेताजी से मिलने आया और उनकी तरफ अपने हाथ को बढ़ाया। नेताजी ने हाथ तो मिला लिया लेकिन मुस्कुराते हुए यह भी कहा आप हिटलर नहीं हो सकते हैं। यह सुनते ही वह शख्स चौंक गया।

- हालांकि यह सिलसिला रुका नहीं। ठीक कुछ देर बाद एक और शख्स उनसे मिलने आता है। वह भी नेताजी से हाथ मिलाता है। लेकिन इस समय भी नेता जी कहते हैं कि वह हिटलर से मिलने आए हैं ना कि उनके बॉडी डबल से। कहा जाता है कि इसके बाद खुद हिटलर आया और उसे नेताजी ने पहचान लिया। हिटलर को परिचय देते हुए नेताजी ने बताया कि मैं सुभाष हूं भारत से आया हूं। आप हाथ मिलाने से पहले कृपया दस्ताने उतार दें क्योंकि मैं मित्रता के बीच में कोई दीवार नहीं चाहता। नेताजी के इस आत्मविश्वास को देखकर हिटलर भी उनका

कायल हो गया था।

- नेताजी पढ़ाई लिखाई में बहुत तेज थे। उन्होंने भारतीय प्रशासनिक सेवा की परीक्षा भी उत्तीर्ण की थी। लेकिन उन्होंने भी आजादी के दीवानों की तरह ही सरकारी नौकरी का मोह नहीं किया। देश प्रेम की वजह से उन्होंने अंग्रेजी नौकरी ठुकरा दी। सरकारी नौकरी से इस्तीफा देकर सबको हैरान कर दिया।

नेताजी सुभाष चंद्र बोस बंगाल के देशभक्त चितरंजन दास की प्रेरणा से राजनीति में आए थे। उन्होंने गांधीजी के असहयोग आंदोलन में भी भाग लिया और जेल गए। कांग्रेस में वह लगातार आगे बढ़ते गए और 1939 में उन्हें पार्टी का अध्यक्ष भी चुन लिया गया। हालांकि नेताजी के विचार कांग्रेस और गांधीजी के अहिंसावादी विचार से मेल नहीं खाती थी और इसी कारण उन्होंने कांग्रेस छोड़ दिया। इसके बाद सुभाष चंद्र बोस ने फॉरवर्ड ब्लॉक की स्थापना की। उन्होंने पूर्ण स्वराज का लक्ष्य रखा और नारा दिया जय हिंद।

- 21 अक्टूबर 1943 को नेताजी सुभाष चंद्र बोस ने सिंगापुर में आजाद भारत के अस्थायी सरकार की घोषणा की थी। इस दौरान उन्होंने नए सिरे से आजाद हिंद फौज का गठन भी किया और उसमें जान फूंक दी। बोस की इस सरकार को जर्मनी, जापान, फिलीपींस, कोरिया, इटली और आयरलैंड जैसे देशों ने तुरंत मान्यता भी दे दी थी। उसी दौरान जापान ने अंडमान और निकोबार द्वीप समूह को इस अस्थाई सरकार को दे दिए थे। 30 दिसंबर 1943 को इन द्वीपों पर आजाद भारत का झंडा फहराया गया था।

एक परिचय

सुभाष चंद्र बोस का जन्म 23 जनवरी 1897 को उड़ीसा के कटक में हुआ था। उनके पिता जानकीदास बोस एक वकील थे। नेताजी सुभाष चंद्र बोस की प्रारंभिक शिक्षा कटक में ही हुई। बाद में वह उच्च शिक्षा के लिए कोलकाता चले गए। नेताजी को जलियांवाला बाग कांड ने इस कदर विचलित किया कि वह आजादी की लड़ाई में कूद पड़े। उन्होंने कोलकाता के प्रेसिडेंसी कॉलेज और स्कॉटिश चर्च कॉलेज से पढ़ाई की है। नेताजी ने असहयोग आंदोलन से प्रभावित होकर 1921 में सरकारी नौकरी से

इस्तीफा दे दिया। स्वराज अखबार के जरिए बंगाल में कांग्रेस के प्रचार प्रसार की भी जिम्मेदारी संभाली। 1923 में कांग्रेस युवा मोर्चा के राष्ट्रीय अध्यक्ष बने। 1928 में जब साइमन कमीशन भारत आया तब कांग्रेस ने उसे काले झंडे दिखाए थे। सुभाष चंद्र बोस ने इस आंदोलन का नेतृत्व किया था। सुभाष चंद्र बोस को 11 बार जेल हुई है। उन्होंने आजाद हिंद फौज का गठन किया था और अंग्रेजी हुकूमत के खिलाफ जमकर लड़ाई लड़ी थी।

सुभाष चंद्र बोस जी : सवाल : सुभाष चंद्र बोस ने गांधी जी को राष्ट्रपिता कब कहा?

विवेक कुमार पांडे : किसने दी थी - 4 जून 1944 को सुभाष चन्द्र बोस ने सिंगापुर रेडियो से एक संदेश प्रसारित करते हुए महात्मा गांधी को 'देश का पिता' (राष्ट्रपिता) कहकर संबोधित किया।

सुभाष चंद्र बोस जी : सवाल : सुभाष चंद्र बोस ने महात्मा गांधी को क्या कहा था?

विवेक कुमार पांडे : नेताजी सुभाषचंद्र बोस के जीवन पर महात्मा गांधी के विचारों का भी प्रभाव था, भले ही आजादी की जंग में गांधीजी से उनके मतभेद रहे हों, लेकिन बोस ने ही गांधीजी सबसे पहले राष्ट्रपिता की उपाधि दी थी। 1938 और 1939 में नेताजी सुभाषचंद्र बोस कांग्रेस अध्यक्ष भी बने। हालांकि, 1939 में महात्मा गांधी और कांग्रेस आलाकमान के साथ मतभेदों के बाद उन्होंने कांग्रेस के अध्यक्ष पद से इस्तीफा दे दिया और पार्टी से अलग हो गए।

नेताजी सुभाषचंद्र बोस के जीवन पर महात्मा गांधी के विचारों का भी प्रभाव था, भले ही आजादी की जंग में गांधीजी से उनके मतभेद रहे हों, लेकिन बोस ने ही गांधीजी सबसे पहले राष्ट्रपिता की उपाधि दी थी। 1938 और 1939 में नेताजी सुभाषचंद्र बोस कांग्रेस अध्यक्ष भी बने। हालांकि, 1939 में महात्मा गांधी और कांग्रेस आलाकमान के साथ मतभेदों के बाद उन्होंने कांग्रेस के अध्यक्ष पद से इस्तीफा दे दिया और पार्टी से अलग हो गए। जब सुभाष जेल में थे तब गांधीजी ने अंग्रेज सरकार से समझौता किया और सब कैदियों को रिहा करवा दिया। लेकिन अंग्रेज सरकार ने भगत सिंह जैसे क्रान्तिकारियों को रिहा

करने से साफ इंकार कर दिया। नेजाती ने भगत सिंह की फांसी रुकवाने का भरसक प्रयत्न किया। भगत सिंह को न बचा पाने पर सुभाष गांधी और कांग्रेस से नाराज हो गए। 1939 में महात्मा गांधी और कांग्रेस आलाकमान के साथ मतभेदों के बाद उन्होंने कांग्रेस के अध्यक्ष पद से इस्तीफा दे दिया था और पार्टी से अलग हो गए।

जब रेडियो स्टेशन से नेताजी ने गांधीजी को राष्ट्रपिता कहकर किया था संबोधित

सुभाष चंद्र बोस भले ही महात्मा गांधी के विचारों से सहमत नहीं थे, लेकिन वे उनका काफी सम्मान करते थे। वे महात्मा गांधी को राष्ट्रपिता बुलाने वाले सबसे पहले शख्स थे। उन्होंने महात्मा गांधी से कुछ मुलाकातों के बाद ही उन्हें यह उपाधि दी। इसके बाद अन्य लोग भी गांधीजी को राष्ट्रपिता बोलने लगे। बोस ने रंगून के रेडियो चैनल से महात्मा गांधी को संबोधित करते हुए पहली बार राष्ट्रपिता कहा था।

सुभाष चंद्र बोस जी : बहुत बढ़िया । अगला सवाल

विवेक कुमार पांडे : जरा रूकिए एक सवाल आया है । किसने ने एक बढ़िया सवाल पूछा है पहले उसका जवाब दे दु । सवाल है "नेताजी गांधी से बेहतर क्यों है?

जवाब : नेताजी अंग्रेजों को हटाने के लिए महात्मा गांधी के अहिंसक आंदोलन के दृष्टिकोण से भिन्न थे। नेताजी का मानना था कि अहिंसा एक विचारधारा हो सकती है लेकिन पंथ नहीं । राष्ट्रीय आंदोलन को हिंसा से मुक्त होना चाहिए लेकिन जरूरत पड़ने पर लोग हथियारों का सहारा ले सकते हैं।

सुभाष चंद्र बोस जी : क्यों जीवन में 11 बार जेल गए सुभाष चंद्र बोस, कैद में रहते हुए लड़ा था मेयर का चुनाव ?

विवेक कुमार पांडे : एक क्रान्तिकारी कोलकाता के पुलिस अधीक्षक चार्ल्स टेगार्ट को मारना चाहता था. लेकिन उसने गलती से अर्नेस्ट डे नामक एक व्यापारी को मार डाला. इसके लिए उसे फांसी की सजा दी गई. गोपीनाथ को फांसी होने के बाद सुभाष फूट-फूट कर रोए थे.

नेताजी सुभाषचन्द्र बोस ने अंग्रेजों से कई बार लोहा लिया. वो सर्वोच्च प्रशासनिक सेवा को छोड़कर देश को आजाद कराने की मुहिम

का हिस्सा बन गए. इस दौरान ब्रिटिश सरकार ने उनके खिलाफ कई मुकदमें दर्ज किए. जिसका नतीजा ये हुआ कि सुभाष चंद्र बोस को अपने जीवन में 11 बार जेल जाना पड़ा. वे सबसे पहले 16 जुलाई 1921 को जेल गए थे. जब उन्हें छह महीने के लिए सलाखों के पीछे जाना पड़ा था.

इसके बाद वे दूसरी बार 1925 में जेल गए. हुआ यूं कि गोपीनाथ साहा नामक एक क्रान्तिकारी कोलकाता के पुलिस अधीक्षक चार्ल्स टेगार्ट को मारना चाहता था. उसने गलती से अर्नेस्ट डे नामक एक व्यापारी को मार डाला. इसके लिए उसे फांसी की सजा दी गई. गोपीनाथ को फांसी होने के बाद सुभाष फूट-फूट कर रोए थे. उन्होंने गोपीनाथ का शव मांगकर उसका अन्तिम संस्कार किया.

इस बात से अंग्रेज़ सरकार को लगा कि सुभाष का संबंध क्रांतिकारियों से है. साथ ही वो उन्हें उकसाते भी हैं. बस इसी बहाने अंग्रेज़ी सरकार ने सुभाष को गिरफ़्तार किया और बिना कोई मुकदमा चलाए उन्हें अनिश्चित काल के लिये म्यांमार की माण्डले जेल में बन्दी बनाकर भेज दिया.

फिर 5 नवम्बर 1925 की बात है. देशबंधु चित्तरंजन दास का कोलकाता में निधन हुआ. सुभाष ने उनकी मृत्यु की खबर माण्डले जेल में रेडियो पर सुनी. माण्डले जेल में रहते समय सुभाष की तबीयत बहुत खराब हो गई. उनकी हालत बहुत खराब थी. लेकिन अंग्रेज़ सरकार ने फिर भी उन्हें रिहा करने से इनकार कर दिया. बाद में सरकार ने उन्हें रिहा करने की शर्त रखी कि वे इलाज के लिये यूरोप चले जाएं. लेकिन सरकार ने यह साफ नहीं किया कि इलाज के बाद वे भारत कब लौट सकते हैं.

इसलिए सुभाष ने यह शर्त नहीं मानी. आखिर में उनकी हालत बहुत बिगड़ गई. जेल अधिकारियों को लगा कि शायद वे कारावास में ही उनकी मौत न हो जाए. अंग्रेज़ सरकार यह खतरा भी नहीं उठाना चाहती थी. लिहाजा सरकार ने उन्हें रिहा कर दिया. इसके बाद सुभाष इलाज के लिये डलहौजी चले गए. लेकिन इसके कुछ दिन बाद ही उन्हें फिर से गिरफ्तार कर लिया गया.

वर्ष 1930 में सुभाष जेल में बंद थे. लेकिन उन्होंने जेल से ही कोलकाता के मेयर का चुना लड़ा और वे जीत गए. इसलिए सरकार उन्हें रिहा करने पर मजबूर हो गई. 1932 में सुभाष को फिर से गिरफ्तार कर लिया गया. इस बार उन्हें अल्मोड़ा जेल में रखा गया. अल्मोड़ा जेल में उनकी तबीयत फिर से खराब होने लगी. इस बार नेताजी ने डॉक्टरों की सलाह मान ली और वे इलाज के लिये यूरोप जाने को राजी हो गए. इसके बाद वे यूरोप चले गए. वहां रहकर भी भारत की आजादी के लिए अपनी कोशिशों में लगे रहे. इस तरह से कुल मिलाकर उन्हें 11 बार जेल जाना पड़ा था.

सुभाष चंद्र बोस जी : सवाल : सुभाष चंद्र बोस जयंती 2022: आजाद हिंद फौज की स्थापना और नेताजी का आजादी के लिए संघर्ष विस्तार में बताओ ।

विवेक कुमार पांडे : आज स्वतंत्रता सेनानी और क्रांतिकारी नेताजी सुभाष चंद्र बोस की जयंती है। सुभाषचंद्र बोस के जन्मदिन को भारत सरकार द्वारा पराक्रम दिवस के रूप में भी मनाया जा रहा है। सुभाष चंद्र बोस का जन्म उड़ीसा के कटक में एक संपन्न बंगाली परिवार में हुआ था।

सुभाष चंद्र बोस में बचपन से ही देश के प्रति प्रेम था। यह प्रेम स्वतंत्रता आंदोलन के समय देखा गया। जब सुभाष चंद्र बोस भारतीय प्रशासनिक सेवा को बीच में ही छोड़कर भारत आ गए। उन्होंने आंदोलन को मजबूती देने के लिए देश के बाहर जाकर आज़ादी के आंदोलन को मजबूती दी।

आज स्वतंत्रता सेनानी और क्रांतिकारी नेताजी सुभाष चंद्र बोस की जयंती है। सुभाषचंद्र बोस के जन्मदिन को भारत सरकार द्वारा पराक्रम दिवस के रूप में भी मनाया जा रहा है। सुभाष चंद्र बोस का जन्म उड़ीसा के कटक में एक संपन्न बंगाली परिवार में हुआ था। सुभाष चंद्र बोस में बचपन से ही देश के प्रति प्रेम था। यह प्रेम स्वतंत्रता आंदोलन के समय देखा गया। जब सुभाष चंद्र बोस भारतीय प्रशासनिक सेवा को बीच में ही छोड़कर भारत आ गए।

उन्होंने आंदोलन को मजबूती देने के लिए देश के बाहर जाकर आज़ादी के आंदोलन को मजबूती दी। उन्होंने आजाद हिंद फौज, आजाद हिंद सरकार और बैंक की स्थापना की और देश के बाहर हिंदुस्तान की आज़ादी के लिए अन्य देशों से समर्थन हासिल किया। वह युवाओं की प्रेरणा थे और 41 वर्ष की आयु में 1938 में अखिल भारतीय राष्ट्रीय कांग्रेस के अध्यक्ष निर्वाचित हुए थे।

*युवाओं के प्रेरणास्त्रोत

नेताजी ने भारतीय युवाओं में देशभक्ति की लौ जगाई और उनके भीतर राष्ट्र प्रेम और उसके लिए बलिदान का भाव जगाया और नारा दिया- 'तुम मुझे खून दो, मैं तुम्हें आजादी दूंगा।' यह नारा अपने समय में युवाओं के लिए इंकलाब नारा था। इसी ने विदेशी जमीन में देश की आजादी की लड़ाई के लिए एक सेना तैयार की। 'स्वाधीनता संग्राम के क्रान्तिकारी साहित्य का इतिहास' पुस्तक में मदनलाल वर्मा 'क्रान्त' सुभाष चंद्र बोस के शब्दों में लिखते हैं कि 'मैं जानता हूँ कि ब्रिटिश सरकार भारत की स्वाधीनता की मांग कभी स्वीकार नहीं करेगी।

मैं इस बात का कायल हो चुका हूं कि यदि हमें आजादी चाहिए तो हमें खून के दरिया से गुजरने को तैयार रहना चाहिए। अगर मुझे उम्मीद होती कि आजादी पाने का एक और सुनहरा मौका अपनी जिन्दगी में हमें मिलेगा तो मैं शायद घर छोड़ता ही नहीं। मैंने जो कुछ किया है अपने देश के लिये किया है। विश्व में भारत की प्रतिष्ठा बढ़ाने और भारत की स्वाधीनता के लक्ष्य के निकट पहुंचने के लिए किया है। भारत की स्वाधीनता की आखिरी लड़ाई शुरू हो चुकी है।

आज़ाद हिन्द फौज के सैनिक भारत की भूमि पर सफलतापूर्वक लड़ रहे हैं। हे राष्ट्रपिता! भारत की स्वाधीनता के इस पावन युद्ध में हम आपका आशीर्वाद और शुभकामनाएं चाहते हैं। सुभाषचन्द्र बोस द्वारा ही गांधी जी के लिए प्रथम बार राष्ट्रपिता शब्द का प्रयोग किया गया था'।

सुभाषचंद्र बोस ने भारत से बाहर जाकर युद्ध में अंग्रेजों के विरुद्ध शक्तियों से सहायता न केवल सहायता ली, एक सेना भी संगठित की। जिसका उद्देश्य भारत में विदेशी शक्तियों से युद्ध करना और भारत

की आज़ादी हासिल करना था।

*आजादी का आंदोलन और सुभाष बाबू

भारत में स्वाधीनता आंदोलन के दौरान एक आंदोलन देश के भीतर हो रहा था और दूसरा देश के बाहर सिंगापुर में। देश के भीतर आंदोलन का नेतृत्व महात्मा गांधी कर रहे थे और देश के बाहर आंदोलन का नेतृत्व सुभाष चंद्र बोस कर रहे थे। उन्होंने बर्लिन में स्वतंत्र भारत केंद्र की स्थापना की जिसके बीस सदस्य भारतीय थे। स्वतंत्र भारतीय केंद्र आजाद भारत की अस्थाई सरकार का अग्रगामी रूप था।

सुभाष चंद्र बोस ने न केवल यूरोप में स्वतंत्र भारत केंद्र, भारतीय सैन्य दल, यूरोप में राष्ट्रीय विचारों के भारतीयों का संगठन, गुप्त भारतीय रेडियो केंद्र को संगठित किया एवं अंत में एशिया के लिए पनडुब्बी की रहस्मय यात्रा की। जिस दिन से भारतीय सैन्य दल (आजाद हिंद फ़ौज) का निर्माण आरंभ हुआ, उसी दिन से सैन्य दल के सदस्य उन्हें नेताजी कहकर संबोधित करने लगे।

आजाद हिंद रेडियो से समाचार प्रसारण का कार्य 1941 में सात भारतीय भाषाओं(अंग्रेजी, हिंदुस्तानी, बंगला, फारसी, तमिल, तेलुगु और पश्तों) में आरंभ होता है। जर्मनी में स्वतंत्र भारत केंद्र एवं भारतीय सैन्य दल का निर्माण करना नेताजी का प्राथमिक लक्ष्य था।

इस सैन्य दल के बीच 'जयहिंद' अधिकृत अभिवादन माना गया था और रवीन्द्रनाथ टैगोर द्वारा रचित 'जन गन मन' राष्ट्रीय गान था। 21 अक्तूबर 1943 को आजादी के इतिहास में एक स्वर्णिम दिन भी माना जाता है क्योंकि इस दिन सिंगापुर में नेताजी सुभाषचंद्र बोस ने स्वतंत्र भारत की अस्थायी सरकार की घोषणा की थी।

'अस्थायी सरकार का कार्य होगा कि वह भारत से अंग्रेजों और उनके मित्रों को निष्कासित करे। अस्थायी सरकार का यह भी कर्तव्य होगा कि भारतीयों की इच्छा अनुकूल और उनके विश्वास की आजाद हिंद की स्थायी सरकार का निर्माण करे।' आजाद हिंद की अस्थायी सरकार की घोषणा के बाद ही सिंगापुर में झांसी की रानी रेजिमेंट के लिए एक शिविर खोला गया।

इसमें किसी भी वर्ग की महिलाएं लड़ाकू सैनिकों, नर्स, अथवा रेजिमेंट में अन्य किसी सहयोगी कार्य के स्वयं- सेविका का प्रशिक्षण ले सकती थी। वह आजादी का दौर ही ऐसा था कि समृद्ध, कान्वेन्ट से शिक्षित युवतियों अपना परिवार छोड़कर इस सैन्य दल का हिस्सा बनती हैं।

आजाद हिंद फौज में झांसी की रानी रेजिमेंट पुरुषों की रेजिमेंट की सहयोगी टुकड़ी थी। इस दल की संचालिका एक सेनानी लक्ष्मी सहगल थी। लक्ष्मी सहगल आजाद हिन्द फौज में स्त्रियों की भागीदारी व स्त्रियों संबंधित मामलों की मंत्री थी यह पेशे से डॉक्टर थी। 'आजाद हिंद फौज की कहानी' पुस्तक में 'अय्यर एस.ए.' में आजाद हिन्द फौज में स्त्रियों की भागीदारी के संदर्भ में लक्ष्मी सहगल बताती हैं कि "कि सेना में महिलाओं की भर्ती के लिए उन्हें नेताजी को किस प्रकार तैयार करना पड़ा था।

वे घर-घर गई और उन्होंने महिलाओं के साथ चर्चाएं करके जब लगभग 2000 महिलाओं को इकट्ठा कर लिया तब नेताजी उनके सम्मुख भाषण देने का निश्चय किया। उनमें से उपयुक्त महिलाओं की भर्ती करके डच राइफलें दी गई। 23 अक्तूबर, 1943 को 300 प्रतिशत महिलाओं को लेकर रानी झांसी रेजिमेंट का गठन किया गया था। मार्च 1944 तक हम एक हज़ार हो गई थी"।

*आजाद हिंद फौज और स्वतंत्रता आंदोलन

इस तरह आजाद हिन्द फ़ौज में महिलाओं के योगदान को भुलाया नहीं जा सकता है। यह महिलाओं का स्वतंत्र दल था जो देश की स्वाधीनता के लिए युद्ध के उद्देश्य से तैयार किया गया था। लक्ष्मी सहगल बाद के वर्षों में भारतीय कम्युनिस्ट पार्टी के महिला मोर्चे व अखिल भारतीय लोकतांत्रिक महिला संघ की सदस्य बनती हैं।

आजाद हिंद फौज आज भी पुरानी पीढ़ी के लिए एक ऐसा नाम है जिसने गुलाम भारत को आजाद करवाने में अपना सर्वस्व बलिदान कर दिया था। जिसके कितने ही सैनिक कैदी बना दिए गये तो कितने ही हत्या कर दिए गये। जो बचे भी रहे तो गुमनाम हो गए।

इतिहास के पन्नों में हम जब भी आजादी के आंदोलन का इतिहास पढ़ते व पढ़ाते हैं तो देश के भीतर की पूरी व्यवस्था को अवश्य बताते हैं सारे नाम याद करवाते हैं लेकिन देश के बाहर अपने ही देश के उन सिपाहियों को भूल जाते हैं जिन्होंने विपरीत स्थितियों में देश की स्वतंत्रता के लिए एक मजबूत संगठन बनाया और अपना पूरा जीवन देश सेवा में लगा दिया।

बेशक जिस उद्देश्य के लिए आई.एन.ए बनाई गई थी, वह तत्कालीन स्थितियों व परिस्थितियों के कारण सफल नहीं होती है और उसके सैनिक बंदी बना लिए जाते हैं। बावजूद इसके यह एक ऐसा संगठन था, जिसने द्वितीय विश्वयुद्ध में देश को न केवल बाहरी देशों से सुरक्षित किया था; बल्कि देश के भीतर चल रहे राष्ट्रीय आंदोलन को भी मजबूती दी थी।

यह पहला ऐसा सैन्य दल था जिसमें महिलाएं भी सैन्य भूमिका में भारत की आजादी लिए बलिदान के लिए तत्पर थी। महात्मा गांधी के साथ महिलाएं अहिंसावादी नीति के साथ आंदोलन का हिस्सा थी तो वहीं नेताजी के साथ महिलाओं का एक अलग ही सैन्य रूप 'झांसी रानी रेजिमेंट' के रूप में मिलता है।

आज नेताजी सुभाष चंद्र बोस की जयंती है और पराक्रम दिवस है। इस दिवस में उन सभी लोगों को याद करना अनिवार्य हो जाता है जिन्होंने स्वतंत्रता आंदोलन में अपना सर्वस्व देश के लिए बलिदान कर दिया। बेशक यह वे लोग हैं जिन्हें कभी किसी ने देखा नहीं, कभी इनके नामों को सुना नहीं। लेकिन फिर भी वह अदृश्य सैन्य संगठन और उससे जुड़े सभी लोग हमारी आजादी का प्रतिनिधित्व करने में उतने ही भागीदार है जितने की देश के भीतर आंदोलन करने वाले रहे हैं।

सुभाष चंद्र बोस जी : सवाल : क्यों वो समय जब ध्यान साधना करना पसंद करते थे नेताजी सुभाष चंद्र बोस ?

विवेक कुमार पांडे : नेताजी सुभाष चंद्र बोस का एक पक्ष अगर राजनीति और आजादी की लड़ाई थी तो दूसरा पक्ष आध्यात्मिकता थी. वो हर हाल वो रोज योग साधना करते थे. उनका जीवन किशोरवय से आध्यात्मिक विचारों से प्रभावित था. यहां तक जब वो आजाद हिंद फौज

की स्थापना के दौरान जब जापान में थे, तब भी रोजाना अपने कमरे में योग-साधना जरूर करते थे. तब वो एकांत में रहना पसंद करते थे. हालांकि वो हमेशा लोगों के बीच होते थे लेकिन रात में जैसे ही एकांत मिलता, वो ध्यान साधना में लीन हो जाते.

सुभाष चंद्र बोस हमेशा साथ जिन चीजों को रखते थे, उसमें भगवत गीता भी थी. जिसे वो रोज पढ़ते थे. इससे उन्हें शांति और शक्ति मिलती थी. उसी के अनुरूप वो काम करना पसंद करते थे.

रात में भोजन के बाद वो आमतौर पर विश्राम करते. उस समय वो आमतौर पर बहुत कम लोगों से मिलना पसंद करते थे. अगर कोई आ भी जाता था, तो उन्हें ज्यादातर मौन ज्यादा पाता था. तब वो बहुत कम बोलते थे. उस समय वो आमतौर पर शांति चाहते थे.

वो रोज रात में देर में सोने वाले शख्स थे. आमतौर पर वो रात में रोज 02-03 बजे तक बिस्तर पर जाते थे. लेकिन जब सोकर उठते थे तो उनके मुंह पर तेज और आभा नजर आती थी. सोते समय वो दिनभर के अपने कामों की आध्यात्मिक समीक्षा भी जरूर करते.

आजाद हिंद फौज की स्थापना के दौरान नेताजी के बारे में लोग कहते थे कि वो आम सैनिकों के साथ बैठकर वैसा ही साधारण भोजन करते थे. अगर कभी कोई खास व्यक्ति उनसे मिलने आता था, तभी उनके साथ अलग भोजन करते थे.

वो चाय और कॉफी के बहुत शौकीन थे. जब वो कोलकाता में अपने घर में होते थे तो दिन में 20-25 कप चाय के कप की चुस्कियां ले लेते थे. हालांकि वो सिगरेट भी पीते थे. कभी कभी तनाव के क्षणों में लोगों ने उन्हें चैन स्मोकिंग करते देखा. हालांकि उनके साथ रहने वाले लोगों का कहना था कि वो शायद ही कभी आपा खोते थे. हमेशा वो आमतौर पर कूल और शांत रहते थे.

वो पढ़ने के बहुत शौकीन थे. जेल में रहने के दौरान वो तरह तरह की किताबें पढ़ते थे. उनकी दिलचस्पी तमाम विषयों में थी. खासकर दुनियाभर में क्या हो रहा है, ये जानने में उनकी दिलचस्पी बहुत रहती थी. वो जितना पढ़ते थे, उतना ही लिखते थे और तमाम विषयों पर विश्लेषण युक्त लेख भी लिखते थे. उनके लेख तब कई देश-विदेश के

अखबारों में प्रकाशित होते थे.

सुभाष चंद्र बोस मां काली के भक्त थे. ये भी कहा जाता है कि वह तंत्र साधना की शक्ति मानते थे. जब म्यांमार की मांडला जेल में थे, तब उन्होंने तंत्र मंत्र से संबंधित कई किताबें भी मंगाकर पढ़ीं थीं. लियोनार्ड गार्डन अपनी किताब में कहते हैं कि सुभाष ने यद्यपि कभी धर्म पर कोई बयान नहीं दिया लेकिन हिंदू धर्म उनके लिए भारतीयता का हिस्सा था. गार्डन ने इसी किताब में लिखा कि सुभाष की मां दुर्गा और काली की भक्त थीं, जिसका असर सुभाष पर भी पड़ा. वो इन दोनों के उपासक थे. उन्हें कोलकाता की दुर्गा पूजा का इंतजार रहता था.

सुभाष चंद्र बोस जी : सवाल : जब सरदार पटेल ने सुभाष चंद्र बोस पर कर दिया था केस तब क्या हुआ ?

विवेक कुमार पांडे : 23 जनवरी 1897 को कटक में जन्मे नेताजी का कद क्रांतिकारियों में सबसे बड़ा है. अंग्रेजों से आजादी दिलाने के लिए उन्होंने देश और दुनिया की किसी सरहद की परवाह नहीं की. उनका जीवन जितना दिलचस्प था, उनकी मौत उतनी ही रहस्यमयी. आइए जानते हैं उनकी जिंदगी से जुड़े कुछ रोचक किस्से.

* भाई-भाई की लड़ाई में केस

साल 1930 की बात है. बर्मा की मंडले जेल में लंबा समय बिताकर बोस स्वदेश लौटे और कांग्रेस के महासचिव बनाए गए. कांग्रेस वॉलंटियर कॉर्प्स नाम से एक स्वयंसेवक संगठन बनाया. इस संगठन के मुखिया खुद सुभाष चंद्र बोस थे. ये समय ऐसा था कि अंग्रेज हुकूमत उनकी हर एक गतिविधि पर नजर रख रही थी.

जब वे कलकता के मेयर पद पर थे और सविनय अवज्ञा आंदोलन में फिर से गिरफ्तार हो गए. फ्रैक्चर होने के चलते इनकी तबीयत खराब हो गई जिसके बाद उन्हें ऑस्ट्रिया पहुंचा दिया गया. वहां उनकी मुलाकात सरदार वल्लभ भाई पटेल के बड़े बाई विट्ठल भाई पटेल से हुई. बोस ने उनकी इतनी सेवा की कि विट्ठल पटेल उनसे प्रभावित हो गए. उन्होंने अपनी जायदाद का एक हिस्सा देश के काम आने के लिए सुभाष के नाम कर दिया. इस बात से सरदार पटेल सुभाष चंद्र बोस से नाराज हो गए और उन पर केस कर दिया. सुभाष चंद्र बोस वह केस हार गए.

*भेष बदलने में उस्ताद

सुभाष चंद्र के रूप बदलकर अंग्रेजों से बचने के कई किस्से फिल्मों और सीरियलों में दिखाए गए हैं. 1941 में अंग्रेजों ने नेताजी को एक घर में नजरबंद करके रखा हुआ था. उन्हें कम समय में बड़े काम करने थे इसलिए हाथ पर हाथ धरे नहीं बैठे रह सके. महानिष्क्रमण यात्रा नाम से एक प्रोग्राम बनाया और भेष बदलकर अंग्रेजों की कैद से भाग निकले.

रूप बदलकर कार से कलकत्ता से गोमो की यात्रा की. वहां से ट्रेन पकड़कर पेशावर गए. वहां से काबुल होते हुए जर्मनी पहुंचे और जर्मन तानाशाह अडॉल्फ हिटलर से मुलाकात की.

*जेल का किस्सा

1925 में सुभाष चंद्र बोस को अंग्रेजों ने कैद करके बर्मा की मंडले जेल भेज दिया था. मंडले जेल कैदियों के लिए बहुत खतरनाक थी क्योंकि वहां बेहद जरूरी चीजों का अभाव था और वह बीमारियों का गढ़ होती थी. सुभाष चंद्र बोस को पता था कि उनकी हालत जानकर घर वालों को दुख पहुंचेगा इसलिए पत्रों में कभी सच्चाई नहीं लिखते थे.

उन्हें वहीं पर टीबी की बीमारी हो गई थी. आज की तरह तब टीबी को हल्के में नहीं लिया जाता था बल्कि ये जानलेवा बीमारी हुआ करती थी. सुभाष ने अपने घर वालों को लिखा कि यहां मस्त होटल का खाना मिलता है. मैनेजर को पपीता पसंद है इसलिए यहां सब्जी, फल, अचार, हर जगह पपीते का प्रयोग किया जाता है.

घर वालों के मन में किसी तरह की शंका न आए इसके लिए वे मजेदार किस्से लिखा करते थे.एक बार उन्होंने लिखा कि यहां पहले बिल्लियों की फौज रहती थी जिनको घात लगाकर पकड़ा गया और दूर ले जाकर छोड़ दिया गया. उनमें से तीन बिल्लियां बहुत शरारती थीं, वे वापस लौट आईं. उनमें से एक का नाम टॉम था जिसने कबूतर को मार डाला. टॉम कैट पर मुकदमा चलाकर कड़ी सजा सुनाई गई लेकिन वैष्णव भावना होने के कारण उसे क्षमादान दिया गया.

मेरे ख्याल से एक छोटा सा ब्रेक लेना चाहिए हमें ।

सुभाष चंद्र बोस जी : ब्रेक मत लो अब मुझे जाना होगा । जाते जाते राष्ट्रगान गा लेते हैं ।

विवेक कुमार पांडे : थोड़ी देर रूक जाइए ।

सुभाष चंद्र बोस जी : नहीं बस बहुत देर हो गया । राष्टगान शुरू करते हैं ।

जन-गण-मन अधिनायक जय हे,

भारत-भाग्य-विधाता ।

पंजाब सिन्धु गुजरात मराठा,

द्राविड़ उत्कल बंग ।

विन्ध्य हिमाचल यमुना गंगा,

उच्छल जलधि तरंग ।

तव शुभ नामे जागे,

तव शुभ आशिष मांगे,

गाहे तव जय गाथा ।

जन-गण मंगलदायक जय हे,

भारत-भाग्य-विधाता ।

जय हे ! जय हे !! जय हे !!!

जय हे ! जय हे !! जय हे !!!

जय हिन्द जय भारत

इतना कहकर सुभाष चंद्र बोस जी चले गए ।

2

सुभाष चंद्र बोस के अनमोल वचन ओर नारे

• सुभाष चंद्र बोस के अनमोल वचन ओर नारे

••• स्वामी विवेकानंद की यह बात बिल्कुल सच है कि ,यदि तुम्हारे पास लोह शिराएं हैं और कुशाग्र बुद्धि है ,तो तुम पूरी दुनिया को अपने चरणों में झुक सकते हो।

••• कोई सैनिक जो एकदम सच्चा है उनको सैन्य और आध्यात्मिक दोनों ही प्रशिक्षण की ज़रुरत होती है

••• याद रखें अन्याय सहना और गलत के साथ समझौता करना सबसे बड़ा अपराध है।

••• एक सैनिक के रूप में आपको हमेशा तीन आदर्शों को संजोना और उन पर जीना होगा निष्ठा कर्तव्य और बलिदान। जो सिपाही हमेशा अपने देश के प्रति वफादार रहता है, जो हमेशा अपना जीवन बलिदान करने को तैयार रहता है, वो अजेय है. अगर तुम भी अजेय बनना चाहते

हो तो इन तीन आदर्शों को अपने हृदय में समाहित कर लो।

●•● हमें अधीर नहीं होना चहिये ! न ही यह आशा करनी चाहिए की जिस प्रश्न का उत्तर खोजने में न जाने कितने ही लोगों ने अपना सम्पूर्ण जीवन समर्पित कर दिया ,उसका उत्तर हमें एक-दो दिन में प्राप्त हो जाएगा।

●•● मेरी जितनी भी हैं सारी की सारी भावनाएं मृत समान हो चुकी हैं और एक भयानक कठोरता मुझे कसती जा रही है।

●•● भावना के बिना चिंतन असंभव है ! यदि हमारे पास केवल भावना की पूंजी है तो चिंतन कभी भी फलदायक नहीं हो सकता ! बहुत सारे लोग आवश्यकता से अधिक भावुक होते हैं ! परन्तु वह कुछ सोचना नहीं चाहते।

●•● जिस किसी भी व्यक्ति में सनक नहीं होती ,वह कभी भी महान नहीं बन सकता, लेकिन सभी पागल व्यक्ति महान नहीं बनते है, क्योंकि सभी पागल व्यक्ति प्रतिभाशाली नहीं होते, आखिर क्यों ? कारण यह है की केवल पागलपन ही काफी नहीं है इसके अतिरिक्त कुछ और भी आवश्यक है।

●•● माँ का प्यार सबसे गहरा होता है, स्वार्थ रहित होता है, इसको किसी भी प्रकार नापा नहीं जा सकता।

●•● मैंने अपने छोटे से जीवन का बहुत सारा समय व्यर्थ में ही खो दिया है।

●•● व्यर्थ की बातों में समय खोना मुझे जरा भी अच्छा नहीं लगता।

●•● कर्म के बंधन को तोडना बहुत कठिन कार्य है।

●•● हमें केवल कार्य करने का अधिकार है कर्म ही हमारा कर्तव्य है, कर्म के फल का स्वामी वह (भगवान) है ,हम नहीं।

●•● चरित्र निर्माण ही छात्रों का मुख्य कर्तव्य है।

●•● मैं चाहता हूँ चरित्र ,ज्ञान और कार्य।

तुम मुझे खून दो ,मैं तुम्हें आजादी दूंगा।

●•● हमे अपनी स्वतंत्रता का मूल्य अपने खून से चुकाना चाहिए यह हमारा कर्तव्य है, हमें अपने बलिदान और परिश्रम से जो आज़ादी

मिलेगी, हमारे अन्दर उसकी रक्षा करने की ताकत होनी चाहिए।

••• भारत जी सके इसलिए आज हमारे अंदर सिर्फ मरने की इच्छा होनी चाहिए एक शहीद की मौत मरने की इच्छा होनी चाहिए, ताकि स्वतंत्रता का मार्ग शहीदों के खून से प्रशश्त हो सके।

••• स्वतंत्रता के इस युद्ध में मुझे यह नही मालूम कि हममे से कौन कौन ज़िंदा बचेंगे, परन्तु में यह जानता हूँ ,अंत में विजय हमारी ही होगी।

••• जो सदियों से लोगों के अन्दर से सुसुप्त पड़ी थी.. भारत में राष्ट्रवाद ने एक ऐसी सृजनात्मक शक्ति का संचार किया है..।

••• मेरे मन में कोई संदेह नहीं है कि हमारे देश की प्रमुख समस्यायों जैसे गरीबी ,अशिक्षा , बीमारी , कुशल उत्पादन एवं वितरण का समाधान सिर्फ समाजवादी तरीके से ही की जा सकती है...।

••• यदि आपको अस्थायी रूप से झुकना पड़े तब वीरों की भांति झुकना।

••• समझौतापरस्ती बड़ी अपवित्र वस्तु है।

••• मध्या भावे गुडं दद्यात -- अर्थात जहाँ शहद का अभाव हो वहां गुड से ही शहद का कार्य निकालना चाहिए।

••• संघर्ष ने मुझे मनुष्य बनाया ! मुझमे आत्मविश्वास उत्पन्न हुआ ,जो पहले नहीं था।

••• मेरे अंदर जन्म से ही कोई प्रतिभा तो नहीं थी...परन्तु कठोर परिश्रम से बचने की प्रवृति मुझमे कभी नही रही।

••• जीवन में प्रगति का आशय यह है की शंका संदेह उठते रहें और उनके समाधान के प्रयास का क्रम चलता रहे।

••• हम संघर्षों और उनके समाधानों द्वारा ही आगे बढ़ते हैं।

••• हमारी यात्रा चाहे कितनी भी कष्टदायक हो हमारी राह कितनी भी भयानक ओर पथरीली क्यो ना हो.... फिर भी हमें आगे बढ़ना ही है, सफलता का दिन दूर हो सकता है ,पर उसका आना अनिवार्य है।

••• श्रद्धा की कमी ही सारे कष्टों और दुखों की जड़ है।

●●● अगर संघर्ष न रहे ,किसी भी भय का सामना न करना पड़े ,तब जीवन का आधा स्वाद ही समाप्त हो जाता है।

●●● मैं संकट एवं मुसीबतों से भयभीत नहीं होता, संकटपूर्ण दिन आने पर भी मैं भागूँगा नहीं बल्कि.. आगे बढकर कष्टों को सहन करूँगा।

●●● इतना तो आप भी मानेंगे ,एक न एक दिन तो मैं जेल से अवश्य मुक्त हो जाऊँगा ,क्योंकि प्रत्येक दुःख का अंत होना अवश्यम्भावी है।

●●● असफलताएं कभी कभी सफलता की स्तम्भ होती हैं।

●●● मैंने जीवन में कभी भी खुशामद नहीं की है ! दूसरों को अच्छी लगने वाली बातें करना मुझे नहीं आता।

●●● मेरे जीवन के अनुभवों में एक यह भी है,मुझे आशा है की कोई-न-कोई किरण मुझे उबार लेती है... और जीवन से दूर भटकने नहीं देती..।

●●● भविष्य अब भी मेरे हाथ में है।

●●● में अपने जीवन की अनिश्चितता से जरा भी नहीं घबराता।

●●● निसंदेह युवावस्था और बचपन में पवित्रता और संयम अति आवश्यक है।

●●● अपने कॉलेज जीवन की देहलीज पर खड़े होकर मुझे अनुभव हुआ ,जीवन का कोई अर्थ और उद्देश्य है।

●●● समय से पूर्व की परिपक्वता अच्छी नहीं होती ,चाहे वह किसी वृक्ष की हो ,या व्यक्ति की और उसकी हानि आगे चल कर भुगतनी ही होती है।

●●● सुबह से पहले अँधेरी घडी अवश्य आती है ! बहादुर बनो और संघर्ष जारी रखो ,क्योंकि स्वतंत्रता निकट है।

-सुभाष चन्द्र बोस

3

राजनीतिक चाल

राजनीतिक चाल थी नेताजी सुभाषचंद्र बोस को 'फासीवादी' ठहराना

नई दिल्ली। नेताजी सुभाषचंद्र बोस 44 साल के थे, जब कोलकाता में 1941 में अंग्रेजों की नज़रबंदी तोड़कर फरार हुए और ब्रिटिश सरकार को उखाड़ फेंकने के लिए धुरी राष्ट्र देशों जर्मनी, इटली और जापान से समर्थन लेने की कोशिश में जुट गये। तब जवाहरलाल नेहरू की उम्र 52 साल थी और महात्मा गांधी 72 साल के थे।

भारतीय राष्ट्रीय कांग्रेस के दो बार अध्यक्ष रह चुके सुभाषचंद्र बोस का कद इतना बड़ा था कि महात्मा गांधी भी उनसे निश्चित दूरी बनाकर चल रहे थे। वहीं, जवाहरलाल नेहरू के मुकाबले नेताजी का कद और प्रभाव दोनों बहुत ज्यादा था। लेकिन चार साल बाद जब ताइवान में कथित विमान दुर्घटना हुई, तब परिस्थितियां बदल चुकी थीं। अमेरिकी परमाणु बम ने अंग्रेजों के दुश्मनों को धराशायी कर दिया था। अब सुभाष भारतीय राजनीति में भी 'फासीवादी' घोषित होकर अवांछित हो चुके थे।

- 'करो या मरो' की हड़बड़ी के पीछे आज़ाद हिन्द फौज थी वजह !

द्वितीय विश्वयुद्ध के दौरान जब मित्र राष्ट्रों में शामिल ब्रिटेन पर अपने साम्राज्य की सुरक्षा का भारी दबाव था, भारतीय राष्ट्रीय कांग्रेस को भी लगा कि इसका फायदा उठाया जाना चाहिए। तब महात्मा गांधी

ने अहिंसक आंदोलन की परंपरा से ऊपर उठते हुए 'अंग्रेजों भारत छोड़ो' आंदोलन का फैसला किया और 'करो या मरो' का नारा दिया। दरअसल इस फैसले के पीछे सुभाषचंद्र बोस की गतिविधियां प्रमुख वजह थीं, जिन्होंने जापान की मदद से इंडियन नेशनल आर्मी का नेतृत्व संभाल लिया था। आज़ाद हिन्द फौज का गठन करते हुए पूर्वी एशिया में उन्होंने खुद को काफी मजबूत कर लिया था। आज़ाद हिन्द फौज़ की सफलता ने कांग्रेस नेतृत्व को बेचैन कर दिया था।

• **अंग्रेजों ने सुभाष को 'फासीवादी' करार दिया**

भारतीय राजनीति की यह अजीब विडंबना है कि भारतीय राष्ट्रीय कांग्रेस भी अंग्रेजों को भारत से भगाने के लिए लिए आंदोलन कर रही थी और सुभाष चंद्र बोस भी देश की सीमा से बाहर से अंग्रेजों पर उन्हें मार भगाने के लिए ही हमला कर रहे थे। फिर भी दोनों धड़ों में कोई मेल नहीं था। महात्मा गांधी और जवाहरलाल नेहरू के नेतृत्व में कांग्रेस ने सुभाष चंद्र बोस की आज़ाद हिन्द फौज सरकार को न समर्थन दिया, न विरोध किया। वे दूरी बनाकर चलते रहे। अंग्रेजों पर सुभाषचंद्र बोस का ख़ौफ था। इस वजह से अंग्रेजों ने उन्हें फासीवादी, साम्राज्यवादी और उपनिवेशवादी करार दिया।

• **अंग्रेजों से बड़े 'फासीवादी-उपनिवेशवादी' बन गये नेताजी!**

भारतीय राजनीति का वामधड़ा ऐसा था, जो सोवियत संघ से प्रभावित होकर दूसरे विश्वयुद्ध में साम्राज्यवाद और उपनिवेशवाद के खिलाफ संघर्ष को कमजोर नहीं होने देने के नाम पर 'भारत छोड़ो आंदोलन' तक में शरीक नहीं हुआ। यह अजीब बात है कि भारतीय कम्युनिस्टों को ब्रिटेन का साम्राज्यवादी और उपनिवेशवादी चरित्र नहीं दिख रहा था, जो भारत को सदियों से गुलाम बनाए हुए था। लेकिन, उन्हीं अंग्रेजों के कहने पर इन कम्युनिस्टों ने सुभाषचंद्र बोस को फासीवादी करार दिया। दरअसल कम्युनिस्ट हों या ब्रिटेन की सरकार,

दोनों गांधी-नेहरू के राजनीतिक मकसद को पूरा कर रहे थे।

• 'करो या मरो' से पहले 'मरो या मारो' कर चुके थे नेताजी

जब 1942 में 'अंग्रेजों भारत छोड़ो' आंदोलन शुरू हुआ, तब तक सुभाषचंद्र बोस जापान की मदद पा चुके थे। इंडियन नेशनल आर्मी की कमान रास बिहारी बोस के हाथों से सुभाषचंद्र बोस के हाथों आ चुकी थी। 1943 में सिंगापुर में निर्वासित आज़ाद हिन्द सरकार को दुनिया के कई देशों ने मान्यता दे दी थी। सुभाषचंद्र बोस आज़ाद हिन्द सरकार और सेना के मुखिया बने। बिना देरी किए उन्होंने ब्रिटेन और अमेरिका के खिलाफ युद्ध का एलान कर दिया। जापान ने अंडमान निकोबार द्वीप समूह का नियंत्रण भी सुभाषचंद्र बोस को सौंप दिया। अब वे काफी ताकतवर नेता बन चुके थे।

• नेताजी ने कैदियों को भी स्वतंत्रता सेनानी बना डाला

एशियाई देशों में अंग्रेजों ने जिन भारतीयों को बंदी बनाया था, सबको छुड़ाकर सुभाषचंद्र बोस ने आज़ाद हिन्द फौज की ताकत 36 हज़ार सैनिकों तक पहुंचा दी। सबको स्वतंत्रता सेनानी बना डाला। उन्होंने बर्मा को अंग्रेजों से आज़ाद कराने के बाद 'दिल्ली चलो' का नारा दिया।

• धुरी राष्ट्र कमजोर हुए तो आज़ाद हिन्द फौज भी अकेले पड़ गयी

इस बीच द्वितीय विश्वयुद्ध में धुरी राष्ट्रों की हालत कमजोर पड़ने लगी थी। आज़ाद हिन्द फौज को जापान से मदद मिलनी बंद हो गयी। आसमान पर धुरी राष्ट्रों का कब्जा था। जल्द ही बड़ी लड़ाई में आज़ाद हिन्द फौज को अंग्रेजों से हार का सामना करना पड़ा। सुभाषचंद्र बोस भूमिगत हो गये। उनकी सेना ने लड़ाई जारी रखी। मगर, भारत से अंदरूनी राजनीतिक समर्थन सुभाष को नहीं मिला और हर मोर्चे पर पराजय की ख़बरें आने लगीं।

• परमाणु धमाके में खो गये धुरी राष्ट्र

6 और 9 अगस्त, 1945 को हिरोशिमा और नागासाकी में परमाणु विस्फोट के बाद जब जापान ने समर्पण कर दिया, तो सुभाषचंद्र बोस के लिए भी मुश्किल दौर आ पहुंचा। उन पर युद्ध अपराधी घोषित किए जाने का ख़तरा था। भारतीय कांग्रेस नेतृत्व से उन्हें कोई उम्मीद नहीं थी। सुभाष चंद्र बोस पहले भी भगत सिंह की फांसी रोकने की मांग पर अंग्रेजी सरकार से लड़ने के विषय पर महात्मा गांधी से टकरा चुके थे। बदली हुई परिस्थिति में न गांधी से, न नेहरू से अच्छे संबंध रह गये थे। इसी बीच 18 अगस्त 1945 को ताइवान में हुई कथित विमान दुर्घटना में उनके मारे जाने का किस्सा सामने आया।

• नेताजी की 'मौत' से कांग्रेस भी 'आज़ाद'

विमान दुर्घटना में चाहे नेताजी सुभाष चंद्र बोस की मौत हुई हो या नहीं, लेकिन इस दुर्घटना के बाद भारतीय राष्ट्रीय कांग्रेस के सामने सुभाष नाम का राजनीतिक ख़तरा टल चुका था। हालांकि कहा ये भी गया कि द्वितीय विश्वयुद्ध में गलत निर्णय के कारण सुभाष बाबू पछताने लगे और संभवत: इसलिए सार्वजनिक जीवन से दूर चले गये। सच्चाई जो हो, लेकिन आगे भी आज़ाद हिन्द फौज से जुड़े लोगों के साथ कांग्रेस और उसकी नेहरू सरकार ने अच्छा बर्ताव नहीं किया। उन्हें स्वतंत्रता सेनानी का दर्जा तक नहीं दिया गया। जो जिस हाल में थे, उन्हें उसी हाल में छोड़ दिया गया। इसलिए अगर सुभाष को जिन्दा पकड़ लिया गया हो, रूस के साइबेरिया में उन्हें कैद रखने की कहानी सच हो, तो भी उन परिस्थितियों में उनका मददगार कोई नहीं रह गया था। सुभाषचंद्र बोस से जुड़े रहस्य अगर नहीं सुलझ सके हैं, तो ये साफ है कि आज़ाद हिन्दुस्तान की सरकार ने इस गुत्थी को सुलझाने में कभी रुचि नहीं ली।